後悔と懺悔を経て新しい生を迎える

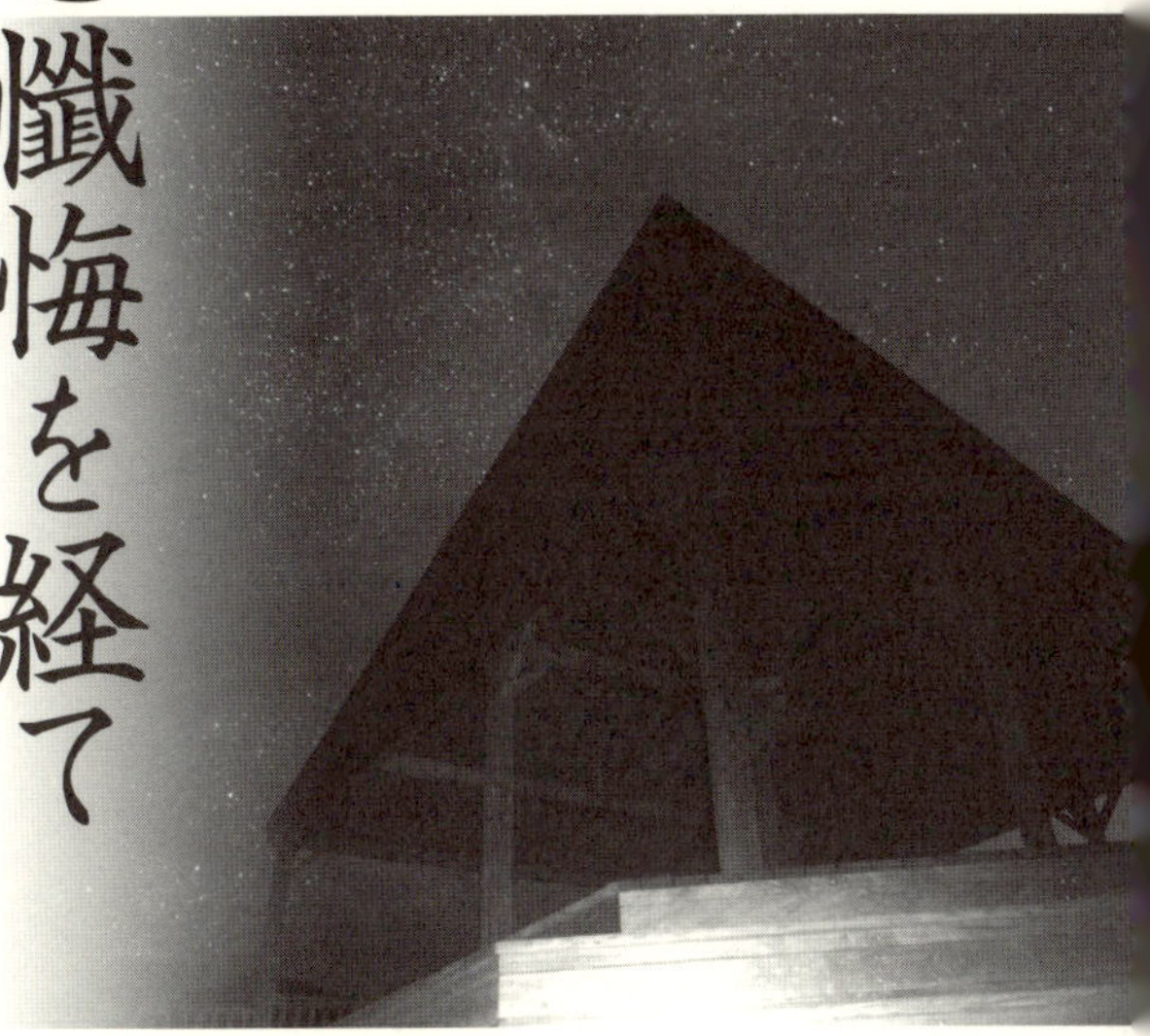

川畑光司
KAWAHATA Koji

文芸社

はじめに

令和四年一月の早朝、私は床の上に倒れていたところを息子に発見された。病院に救急搬送され即日入院となった。病名は脳梗塞だった。しかも今回は三度目で症状は重かった。両足の麻痺と意識障害である。しばしば妄想を伴った。またトイレに行けないため大小便はおむつで処理した。再びこの病が再発したら、私は生きていられないだろう。自身の七十一歳という年齢を考えると、意識がはっきりしているうちに記録を残した方が良い。これが本稿のきっかけである。

入院中、妄想や忘れていた記憶が突然蘇ることがあった。私は自分の内面を整理するべきだと思った。ある意味で懺悔である。そのことで人生の後半を新たに歩めるのではないか？　それが本稿の主旨である。

目次

はじめに　3
父と母　7
幼少期　10
愛犬たち　13
中学時代　15
高校時代　18
大学時代　20
キャリアの歩み　23
結婚式と新婚旅行　28
第二のふるさと　32
マンションの世界へ　38

心臓バイパス手術　41
父の死　45
母の死　47
相続争い　49
管理人の仕事　51
仮死状態で発見される　57
リハビリ　60
自宅を売る　64
妹の死　66
新しい生活　68
おわりに　71

父と母

まず私のルーツである両親について述べてみたい。

父は北海道の、釧路の近く白糖町の生まれだ。六人きょうだいの四男である。父の父親、つまり祖父は早くに亡くなったので家計は大変だったようだ。そのため朝早くから新聞配達のアルバイトをやっていた。手が凍えるほどの寒さや雨の日の大変な思いを聞いたことがある。

ちなみに父の母親、つまり祖母は亡くなった人と交信できる能力を持っていたらしい。

父は高校を出てから単独で上京し、いろいろな工場で働いた。戦後は三菱自動車の工場に勤務した。その時に今の実家である平間に移り住んだ。そして大学卒業という資格の必要性を感じ、日本大学法学部二部を卒業した。一人で苦労したと思われる。

後年、父と母は結婚するが、式は挙げていない。いや、挙げる余裕などなかったのだろう。

出会いのきっかけは母から聞いたが、それが面白い。ある時、酔っぱらいが墓石にもたれて寝入っていた。その時、母は近くの飲み屋で働いていた。早速、男を店に入れて酔いが覚めるまで介抱した。その男が父である。その時の縁で二人は所帯を持った。


母は栃木県那須町の生まれだ。七人きょうだいの六女である。祖父が歓楽で資産を浪費したため家は貧しかった。

母と妹は〝那須小町〟と呼ばれるほど美人だったらしい。本人の話だから真偽はわからない。でも私が成長してからの記憶でも、パート先の飲食店や会社で男性にもてたのは確かだ。

母は霊をよく見た。ビルマで戦死した兄の姿を友人達のグループの中ではっきりと見ている。実家でも「あそこに人が立っているよ」と誰もいない所を指さしたりした。

私のオカルト好きは父方と母方、双方の影響を受けているみたいだ。そしてペット好きも母の遺伝だ。

母はカラオケで度々地元のコンクールで入賞している。そのため三十人位の近所のおばさん達を集めてカラオケ教室を開いていた。この趣味というか特技は、家族の誰も引き継がなかった。たぶん寂しさを感じていただろう。そして晩年は喉を傷めて思うように声が出なくなってしまった。本人もつらかったと思う。

幼少期

生まれたばかりの頃、私は病弱だった。小児ぜんそくでよく発作に苦しんでいた。そのため幼稚園も半年足らずでやめた。したがってあまり幼少期の記憶がない。「小学校二年までもたないかも……」と医者に言われた。それは母から聞いたことがある。

小学校に無事入学しても担任の先生の手を煩わせた。野口先生という担任の女性教師におんぶされて自宅まで送ってもらった思い出がある。体調が悪かったせいだろう。

そんなわけで外で遊ぶことはほとんどなかった。その代わり私は無類の本好きだった。「子供の科学」や「科学大観」という雑誌を毎月買ってもらった。母が私に買い与えてくれた。真意はわからない。私は喜んでそれらを読み耽った。父も時々、仕事帰りに漫画雑誌を買ってくれた。特に戦闘機が出てくる漫画が好きだった。

医者の心配を裏切り、小学校三年生となった。

やがて本好きの成果が現われた。私はクラスのみんなが解けない算数の問題を解き、他の分野でも博識ぶりを発揮した。

担任の浅野先生は私のことを「神童」と称賛してくれた。

単純なもので成績が良いだけで、私は学級委員に選ばれた。そしてホームルームでは進行役を任されたり、全校集会では朝礼台の上から「今週の目標」を発表したりした。今でも朝礼台に立った時の緊張感を忘れない。内気な私にはそんな役割が苦痛でしかなかった。

しかし母は息子の活躍に得意の絶頂だった。ＰＴＡの役員や先生方との交流を進んで行なうようになった。

また、弟や妹に対しても、兄がいかに優秀かよく自慢していた。今思えば、母も無神経だったと思う。弟や妹によけいな劣等感を与えてしまったのなら申し訳ないと思っている。

一方で、私は合奏部に入って色々な音楽を知った。吉越先生と平賀先生が合奏部を受け持っていた。二人の先生からはクラシックの美しさを初めて教えてもらった。

チャイコフスキーやシューベルトの曲も部で演奏した。

私がクラシックの愛好家になったのはこの時の体験からである。

愛犬たち

ここで忘れられない愛犬の最期を記録しておきたい。

まず初代のチー坊である。まだ小犬の時に川崎の伯母さんからもらった雑種だ。

確か夜八時頃だったと思う。荒い息をしながら横たわっているチー坊を囲んで、家族みんなで見守っていた。フィラリアという寄生虫にチー坊は侵されていた。

そこへ川崎の伯母さんがわざわざやって来た。「チー坊！」と声をかけると尻尾をうれしそうにして振り、わずかに首を上げて応えた。でもそれがチー坊の最期だった。

「チー坊、チー坊！」と泣き叫ぶ伯母さんの姿があった。家族の誰よりも伯母さんがチー坊と心を通わせていたのだ。そして何年も会っていないのにチー坊がそれに応えた。

しばらくしてから黒の柴犬を保護センターからもらい受けた。元気すぎなこの犬は一時、行方不明になったこともあった。真冬は暖かい私の布団に入ってくるのを習慣にしていた。しかし体調をくずして寝込むようになった。

今晩がヤマかなという予感があった。その日も私の布団で共に寝ていたので、夜中に体がぴくんと動いたような感じがした。

翌朝、彼は布団の中で冷たくなっていた。二代目チー坊の最期だった。

中学時代

やがて中学校へ進んだ。

私が通った中学校は、川崎市立平間中学校というのが正式な名称だった。

中学生になってから初めて私は劣等感を味わった。

まず身長が伸び悩んでいた。まわりはどんどん成長して背が伸びている。いつの間にか整列の際、一番前になっていた。

学業の成績も同様である。特に理数系の成績は悲惨だった。だいたい興味を失っていた。試験の時も相変わらず、好きな読書に没頭していた。それは担任の小椿先生からも注意されていた。

当時、私はSF小説にのめり込んでいた。壮大な構想力や、科学への楽天的な信仰が魅力だった。ロバート・A・ハインラインやレイ・ブラッドベリなどアメリカの作家が好きだった。

放送部に入ったのは、以前から電機設備に興味があったからだ。朝礼時にマイクの調整をしたり、下校時間になると音楽を流しながら下校のアナウンスを行なった。私の趣味に合っていた。

また、友人K君の誘いを受け、サッカー部に入った。でも最後まで運動部の体質はなじまなかった。そのため途中からさぼってばかりいた。仲間には申し訳ないと思っている。

部活の帰りにはコーラを初めて飲んだ。こんなうまい飲み物があったのか、と感動した。それ以来、コーラのファンになった。

病弱だった体は体力が少しつき、陸上競技にも出たことがある。今でも忘れないのは８００メートル徒競走である。六人位で走り、最初の一周は私がトップだった。しかし二周目からどんどん抜かれ、ビリになってしまった。やはり陸上部の連中はスタミナが違うと思った。

修学旅行でひやかされたことも記憶にある。それは入浴の時だ。恥毛が生えていたのは私だけだったのだ。あっという間にうわさが拡がり、夕食の席ではその話でひやかされた覚えがある。

色々な思い出と共に中学を卒業して高校に進んだ。

高校時代

高校は南武線沿線にある県立多摩高校だった。多摩川に近く、のどかな環境にあった。校風も自由で、学業だけに血眼になる感じではなかった。

入学してから部活動をどこかに決めなければならなかった。原則、いわゆる帰宅部は許可されていなかったからだ。

友人のI君と共に生物クラブに入った。運動部のような厳しさもなさそうだし、部の雰囲気や部員みんなが大人しそうな落ち着いた感じで魅力を感じた。そこで蝶を追っかけ回したり、魚の標本を作ったりした。

合宿で行った長野県入笠山の体験は楽しかった。テントの設営や飯盒炊爨《はんごうすいさん》を覚えた。また山登りの楽しさを知った。

学業の方は相変わらずだった。特に物理と英語は赤点だった。職員室で英文を暗唱させられた。追試の代わりである。その時の屈辱的な思いは忘れられない。

同じクラスにバスケットクラブに入っている女の子がいた。ある日、その子から「私の先輩が川畑君のこと好きだって」と言った。身長も低いし、運動部の人とは縁がないと思っていたので意外だった。でもうれしかった。どこか魅力があるのだろう、と少し自信を持てた。

先生との個人面談で遅刻数が全校で二番だという指摘を受けた。我ながら不名誉な記録だ。

やがて三年間の高校生活ともお別れ、楽しい思い出しかない三年間だった。

大学時代

昭和四十六年、私は日本大学建築学科に入学した。

建築を選んだ理由は二つある。一つは苦手な理数系だけでなく、芸術性やマネジメントも求められる分野だから。二点目は以前から私はサラリーマンになりたくなく、自由業に憧れていた。独立事務所を構えて気ままに仕事がしたかった。そんな漠然とした理由で進路を決めたのだ。

最初の一年間は習志野校舎に通う。そこで以前から憧れていたアパート生活を送ることになった。

千葉県市川市の喜楽壮という四畳半の木造アパートに入居した。家賃は月六千円だった。少しでも親の負担を抑えるため、新聞配達のアルバイトを始めた。朝早くて苦労したが毎日楽しかった。

夜は市川市内をよく散歩した。大学の友人が偶然市内に住んでいたので、何回か飲みに行った。

父が仕事帰りに様子を見に来てくれた。近くの定食屋でとんかつをご馳走になった思い出も懐かしい。


二年目からお茶の水校舎に移った。

本好きの私には天国だった。近くには神田神保町の古書店が軒を連ねている。

私は連日、ぶらぶら歩きまわった。当然、授業もさぼりがちになってきた。設計の課題も毎回締切に間に合わず、未完で提出することが続いた。

気が付いたら単位が足らず、留年になってしまった。今振り返って、もっと真剣にやれば違った人生もあったと思う。恵まれた環境に甘えていた結果である。今さら後悔してもしようがない。

最後の一年は学友がほとんど卒業して孤独だった。でも必死になって卒業設計を何とか済ませて、やっと卒業した。昭和五十一年のことである。

いよいよ社会人になる。ところが就職活動は全くしていなかったため、就職先は決まっていなかった。

卒業後、酒屋で配達のアルバイトや建設現場への鉄筋の配送などをした。設計事務所にも勤めたが、独立事務所の経営実態に失望した。給料が遅延するという予告が所長より出されたのだ。

所長を除く所員の仕事は、役所に提出するための図面を書く製図職人だった。創造的な仕事を期待していた私は、これにもがっかりした。アトリエ建築家への幻想は捨て去った。

やはり企業で働こうと決心した。そこで住宅系の会社を探すことにした。

キャリアの歩み

私がアルバイト生活を卒業して初めて社員になったのが茂呂工務店だった。そこはマンションを専門にしていた。しかも施工会社なので、仕事は毎日現場だった。そこで基礎工事から仮枠、配筋、そして仕上工事まで、一通り知識を得ることができた。

しかし現場仕事はきつく、ついに体力的な限界が来てしまった。私は三年ほどで退職した。

次に入社したのは大栄住宅という名古屋に本社を構える会社だった。私はＰＣ住宅の設計積算担当を拝命した。実はこの時の上司であるＳさんが私の運命に深く関わってくる。

その後、私は転職して東急ホームズという会社に入った。

ある日、晴海で国際リビングショーが開催され、私は六人位のグループで見学に行った。そこでばったりSさんと会った。彼も既に転職していて三菱地所ホームで勤務していた。

その日は挨拶だけで帰った。でも数日後に「うちに来ないか？」という誘いを受けた。しばらくしてから副社長が面談してくれた。

結局この面接後、私は入社を決断した。理由は役員の方達が腰が低く紳士的な態度であったこと、それから設立後間もない会社のため、実力を発揮できるチャンスに恵まれていると考えたからだ。社内の雰囲気も自由で明るく、私の好みにぴったりだった。

最初は横浜営業所に配属された。横浜スカイビルが拠点で、後日ランドマークタワーに移った。いずれも親会社の三菱地所と縁の深いビルだ。

その後、吉祥寺営業所、新宿営業所、赤坂営業所、丸の内営業所などを転々としました。それぞれ地域性が異なり、営業的には苦労しました。でも学ぶことも多かったと思う。

ルート営業中心の丸の内営業所では丸の内一帯の上場企業を訪問した。特に驚いたのは商社の受付嬢が皆美人揃いだったことだ。

また、生命保険会社で自社の商品説明をした時の緊張感も忘れない。何しろ女性販売員百名がずらっと並ぶ場だったからだ。

会社では従来、戸建住宅の新築を主に扱ってきた。そこへ新たにリフォーム事業を始めることになった。私も営業所からリフォーム事業部に移った。

印象深かったのは横浜山手に建つ洋館のリフォームだった。築七十年だが躯体はしっかりしていた。上げ下げ窓にも洋館の面影が残っていた。工費は約六千万円、工期は三ヶ月かかった。

設備機器の手配から、内部建具、照明器具の選定など、全て私が工事の統括責任者としてやりとげた。これは大きな自信となった。社内でも大型リフォームの実例として注目された。

会社では外国人用賃貸住宅も扱っていた。そのため引渡し後のアフターサービスで訪問する場合も多かった。職人だけだとコミュニケーションに支障が出る。そこで私が窓口の責任者として同行した。

私の英語は片言だったが何とか通じた。それを見て、ある大工から「大したもんだ、見直したよ」とひやかされた。場数が増えていくにつれ英語のスキルは向上した。仕事を通して自信をつけたのだ。

最後の赴任先は三鷹にある西東京支店だった。東京西部を開拓するため新設された拠点である。市場としては地場の工務店が強く営業は苦労した。しかし何代も続く地主Iさんから受注された時は感無量だった。

その頃から世の中で住宅不況が言われるようになった。

会社の中でもリストラのうわさが出るようになった。最初は単なるうわさだろうと思っていたが、やがて本当にその話が迫ってきた。四十代以上の社員を切るという思い切った判断だ。低迷する住宅不況に対する会社の本気度がわかった。

会社都合による退職は一年にわたり失業給付金が出る。そこで私は当分のんびりすることにした。平成十八年のことだ。

結婚式と新婚旅行

私は二十七歳の時に結婚した。妻は一つ年上の二十八歳である。

私が茂呂工務店に勤めていた時に結婚した。結婚式には社長にも出席してもらったからよく覚えている。

人生の一大イベントである。記憶に残っている分もできるだけ詳細に述べてみたい。


なれそめは単純だ。実家の二階の一室をアパートにして貸していた。その時、下見に来たのが妻だった。後の義兄と一緒に訪れた。その時の印象は「美しい女性だなあ」というものだった。そして私の嫁になる人だと直感した。

それからはドライブに誘ったり、熱心にアプローチした。

そしてついに結納までこぎつけた。儀式は山形の湯野浜温泉で催された。妻の実家が山形の酒田だったからである。義兄や伯父達も来て盛大に祝ってくれた。

結婚式は川崎の平安閣で行なった。

実はこの時、私と両親は一時間近く遅刻してしまった。車が故障したためだ。山形から来た妻の親せきはやきもきしていたという。結婚初日から大失敗だった。一生忘れないだろう。

何とか式を済ませ、当日の夜、成田空港からハワイに向かった。

憧れのハワイにわくわくした。夜間飛行という舞台が一層ロマンをかきたてた。

翌日からレンタカーを借りて、ドライブをした。排気量が6000ccもあるサンダーバードという車を選んだ。車は大きいし、タイヤも低圧タイヤのため乗り心地は最高だった。しかし小柄な私には足元のペダルが遠く、苦労した。また、左ハンドル、右側通行にも慣れるまで時間がかかった。でも、アメリカ車を制覇してやろうという、実はささやかな目標だった。その点では成功体験と言える。

プレスリーの映画の舞台になったハナウマ湾や静かで美しいココマリーナなどを巡った。

フリーウェイのゆったりした広さは、アメリカが自動車文明の国であることを思い知らされた。

ノースショアの知らない街に迷い込み、苦労してやっと脱出できたのも忘れられない思い出だ。

この旅行以来、私はすっかりハワイのファンになった。

その後、子連れで四回は行っている。異国体験は何か心をときめかせる刺激がある。

また、ハワイは日本と異なる時間が流れているようだ。のんびり人生を楽しんでいるみたいだ。

やがて一週間ほどの旅行は終わった。羽田空港から弟の車で実家に送ってもらった。

夢から覚めて日常生活が始まった。

第二のふるさと

丁度、三菱地所ホームに入社が決まった頃のことである。私達夫婦は実家から独立しようとしていた。子供が二人もいて手狭になってきたからだ。

その時、若葉台団地の情報が入った。横浜市旭区にあり、神奈川県住宅供給公社が管理していた。

早速見学に行った。団地はスーパーを中心に商店街がそれを取り囲んでいた。何より私の好きな本屋があった。広場の中心に水のせせらぎが流れて源には人工の滝があった。一目で気に入り、移り住む決断をした。

引越しの時は両親と弟夫婦も手伝いに来てくれた。みんなで新しい住まいへの入居を祝ってくれた。

初めて実家を離れ家族で暮らす解放感に、私は有頂天になっていた。親が淋しさを感じていることなど気付く余裕もなかった。

最初は賃貸の３ＤＫだった。十階の部屋で遊水池に面しているので、眺めは良かった。歩いて五分位の所にプレスクールもあった。子供達は二人共そこに通った。通園途中、木陰を通るので子供達はそこの毛虫をよく怖がった。そんな思い出がある。

七月末には遊水池の脇で花火大会が催された。近隣からも人々が多く集まった。我が家のバルコニーからも見られた。

妻は毎日スーパーで買物をする習慣がついた。私は「毎日行かなくても……」と言ったが、本人には気分転換になっているらしい。

小学校も団地内にあった。しかも車と人の動線が交わらないよう計画されていて、交通事故への不安は一切なかった。

小学校の運動会には母も来てくれた。孫の成長を妻と母が喜んで見ている。その姿に私もささやかな幸せを感じた。まさか晩年になって最悪の関係になるとは……その時は思いもしなかった。

私達家族は四季それぞれでイベントを楽しんだ。

春には花見。十五分位歩けば三保市民の森があり、私達はお弁当を持って花見に行った。開けた場所ではキャッチボールもできた。

ジャコビニ流星群が来た時は、夜中に娘と一緒に遊水池の公園で見物した。

ドライブが好きな私は九十万円で中古の車を買った。ハイエースのワゴン車である。これがポンコツながら大活躍だった。妻の実家がある山形をはじめ、軽井沢、蓼科高原、八ヶ岳、伊豆高原とリゾート地を巡った。

夏休みには二泊の旅行に行くのが習慣になった。

やがて賃貸から分譲マンションを購入した。そこでも十年ほど住んだ。

仕事はまあまあ順調で、課長に昇進したことで私は調子に乗っていた。後で苦労するとは予想できなかった。

新居は快適だった。娘と息子にはそれぞれ個室を持たせた。

その新居での十年間は、家族に色々なドラマをもたらした。

まず私が生涯初の脳梗塞になった。左足が思うように動かないので診てもらったところ、脳梗塞と診断され即日入院となった。幸い軽症だったので十日ほどで退院した。

入院中は退屈なので、病院をそっと脱け出して自宅にＣＤを取りに行ったこともあった。それが可能だったのは、病院から自宅まで五分位の距離にあったからだ。慣れないうちは若干麻痺が残ったが、一ヶ月ほどで普通に歩けるようになった。

さて、娘は東洋英和女学院に進み、そこを卒業後、青山学院の大学院に学んだ。

卒業後は児童養護施設に就職した。そこで現在の夫と出会う。身長は一八〇センチを越える大男で、大型バイクを三台も乗りまわしていると娘から聞いていた。実際会ってみると、もの静かに話す純粋な青年だった。私や母も好感を持てた。

息子は高校を出てから羽田空港の倉庫の仕事に就いた。しかしそこを退職して新潟のサッカーカレッジに入学した。本人はJリーガーを目指したいと言う。私は「そんな甘いもんじゃないよ」と言ったが、本人の決意は固かった。確かに在学中は得点王になるような実績を残した。何事も好きなことを必死にやる時期があっても良い。私はそれ以上反対しなかった。

子供達はそれぞれの道を歩んで行った。

ある日、母から一本の電話を受ける。実家に戻ってきてほしいとの依頼だった。最近の父は寝込んでいる時間が多い。母の心細い気持も理解できる。私は同居を決断した。

まず私達の家を売却する必要がある。仲介会社に依頼した。結果、査定額は一千万円以上値下がりしていた。計算外の結果だ。これでは購入時の残債七百万円が返せない。郊外型マンションの要注意点である。リスクを見抜けなかった私の不注意である。何とか母から借金して売却できた。

いよいよ若葉台ともお別れの時だ。この地には多くの思い出がある。第二のふるさとと言っても良い。

実家の方は二世帯用に改修して準備を整えた。工事は二ヶ月ほどで完了した。そして何とか引越しを済ませた。

マンションの世界へ

リストラ以後ののんびりしていた私はそろそろ仕事を見つけようとした。そこでマンション関連の企業を探した。住宅業界にこだわりたいと思ったからだ。

その時、以前勤めた会社のグループ会社で求人があるのを知った。リフォーム技術者を求めていた。面談の上、早速入社した。担当は世田谷区一帯の老朽化マンションである。

仕事はマンションの管理会社で、フロントと呼ばれる営業が、居住者の窓口になっている。技術屋はフロントを介して仕事を得る。

古いマンションは漏水が多かった。躯体それ自体からの漏水や、配管上の理由によるものまで多種多様だった。リフォーム技術者はそういった現場を訪れて、配管を補修したり、クロスを貼り替えたりした。比較的小規模の工事が多かった。

八幡山のマンションで行なった工事は印象に残った。それはキッチンの改装工事だった。施主は高齢の夫妻だった。

新宿にあるショールームまで案内して細部まで確認した。奥様は夢をふくらませてうれしそうだった。おとなしそうなご主人はその様子を眺めて満足そうだった。

工事が完了して間もなく一報を聞いた時はびっくりした。ご主人が亡くなったという知らせだった。つまり、あのリフォームは奥様に対する最後のプレゼントだったのだ。私には見えなかった夫婦の絆を感じた。

ここでの仕事は居住者だけでなく、管理人や管理組合の理事長など多彩な交流があった。技術面だけでなく、人間観察の面でも良い勉強をさせられた。

最終的に三百戸ほどの住戸を巡った。貴重な経験だった。技術的に成熟した建物と未熟な建物の差がほぼわかるようになった。

しかしここでも、会社は不振なリフォーム事業を何とかしようと検討を始めた。そしてリストラを断行した。真っ先に我々契約社員が対象となった。人生で二度目のリストラだ。

またのんびりと次の機会を待った。

心臓バイパス手術

私の体の中で異変が起きていた。

ある朝、私は習慣にしていた犬の散歩をしていた。道路を渡り、多摩川に出ようとした。その時、息が苦しくなり、胸を押さえた。しかし呼吸器の病だろうと私は勝手に思い込んだ。そこで一週間様子を見ることにした。

後でそれが大きなミスだったことがわかった。

一週間を待たず、あまりに咳がひどいため、病院で診てもらった。結果は心筋梗塞で、咳が出るのは肺に水が滞っているためだった。かなり危険な状態だったので即日入院となった。

今から十四年ほど前のことだ。

実際の手術まで約一ヶ月の待機期間があった。その間、軽い脳梗塞を発症した。時々、肺に溜まった水を注射器で抜いたりした。待機中は暇なので、あらゆる本を読んだ。四階の一部が図書コーナーになっていて、自由に借りることができたからだ。

先生の説明によれば、手術は心臓バイパス手術と言って、心臓の血管を一部切り取って、私の太ももから切り取った血管と入れ換えるということだった。かなり大がかりな手術だそうだ。

そして当日、六時間に及ぶ手術は無事終わった。

目が覚めたら早速両眼に光を当ててチェックされた。実はこの時に左目は見えなくなっていた。しかし私は眼帯をしているからだろうと深く考えなかった。後で左目の血管に血栓が入ってしまい、失明していることがわかった。早いうちに処置すれば防げた事故である。病院側のチェック不足を追及することも考えた。

しかし私は命を救ってもらった恩がある。結局、追及は断念した。

しかし、片目を失った代償は大きかった。

まず自動車の運転免許証をあきらめた。もう好きなドライブを楽しむことはできない。

それと距離感がわからなくなった。遠くにあるのか近くにあるのか、手探りの状況がしばらく続いた。

入院中は両親や妻の姉さん達も見舞いに来てくれた。また狭山の方からも義弟と妹が来た。妹は「兄ちゃんが死んだら、どうしていいかわからない」と手を握りながら呟いた。

私は改めて自分が深刻な病を抱えていることを悟った。胸を切開しているため、傷口が治るまでつらかった。特に咳をしたりくしゃみをすると、猛烈な痛みを感じた。

入院中の入浴も初体験だった。ナースの方からある日、「川畑さん、お風呂入ります？」と言われた。私はドキッとして、病院はそこまでサービスがいいのか、と内心思った。彼女も一緒に入浴するもんだと勝手に思い込んでいた。彼女の役割は単に私の介助をするだけだった。

ＩＣＵに入っている時は起き上がれない。寝たまま排便する難しさにはだいぶ閉口した。

全てが初めての経験だった。色々な思い出と共に退院した。

退院の時は義弟がわざわざ来てくれた。そして車で実家まで送ってくれた。

父の死

ある日、父が搬送された。症状は呼吸が苦しそうだったからだ。以前から症状は出ていたが、ひどくなってきたため入院となった。長い間の喫煙による肺気腫が原因だった。

しかし診察を進めた結果、心臓や腎臓など、あらゆる内臓が弱っている。いわゆる多臓器不全になっていると言われた。余命は数週間と宣告された。

父は昔気質で、あまり苦しさや痛みなどを訴えなかった。

私は最期の日まで病院に通い続けた。

フーッと大きな息を吐いて父は旅立った。何か呆気なかった。私は悲しさよりも父がこれで苦しさから解放されてよかったと思った。

八十七歳の生涯だった。

タバコの害を知りながら止められず、むしろ強いタバコを好んだのは、たぶん父以外の者には理解できないストレスがあったに違いない。

私は心の中で「長い間ご苦労さん」と父をねぎらった。できれば最後に一服させてあげたかった。

それからは土地の名義変更や雑務で、多忙な日々を送った。平成二十七年のことだ。

母の死

父の死から三年後にそれは起こった。

ある夜、母が居間の床に倒れていた。急いで救急車を呼び、病院に搬送された。病名は脳梗塞だった。

続いて医者から言われたことが衝撃的だった。脳の中心部まで血液がまわり、手の施しようがないというものだ。余命はあと数週間だろうと宣告された。

とうとうその時が来たと思った。

晩年の家庭不和に対して何にもできなかった自分を悔やんだ。母にはもっと幸せになってもらいたかった。

やがて母は息を引き取った。八十四歳という年齢だった。

実は母の死の直前、ある事件が起こった。それは母の財布からお金がなくなったらしく、妻を泥棒呼ばわりしたのだ。

それ以来、妻と母は口もきかなくなった。

後でお金は別の用途に使ったことが判明した。母は認知症の傾向があった。私は母を強く非難した。

しかし今、改まって考えれば、もう少し寛容になるべきだった。そして孤独な母の気持ちにより添ってやれば良かったと思う。

母が亡くなってから悔やむことばかりだ。でも手遅れである。切なさで胸をかきむしりたくなった。

相続争い

母の葬儀が終わると相続の手続きが待っていた。

我々三人、顔を合わせるのは久しぶりだった。しかし、なごやかな雰囲気は最初だけだった。遺産の分配の話になると、笑顔が消え、緊張感が出た。

残された預金は信用金庫にある少額の貯金七百五十万円だった。それについて三等分すれば済む話である。

問題は私の家族が住む実家である。普通の土地であれば三十坪で三千万円で売れる。しかし我が家の土地は公道に接していない、いわゆる「死《し》に地《ち》」である。以前、業者に打診した結果は売れないという結論だった。

過去の経緯を知らない弟は売却にこだわった。土地の詳しい事情を知らない立場なら止むを得ないと思う。

この時の感情的なしこりが原因で、妻と弟夫婦は口をきかなくなってしまった。冷静に考えればお互いに当然のことを主張しているのだから、多少ぶつかるのは仕方ない。しかしその後、妻の態度は変わらなかった。

何とか相続の手続きは終えることができた。しかし後味の悪いものだった。

管理人の仕事

脳の傷も癒えて、私は仕事が可能な状態になった。

新聞の求人欄に管理人募集の記事を見つけた。港区にある会社だ。面接では筆記試験とパソコンの扱いをチェックされた。前職でパソコンは使用していたので何とかパスできた。

勤務地は東横線網島駅からバスで十五分にあった、五百世帯の大規模マンションだ。管理人は四人でシフトを組んでいた。それを一人の主任がまとめていた。

管理人の業務は初めてで何から何まで初心者だった。

巡回から検査の立会い、共用部の照明器具の交換など、全てが新鮮だった。

雨や雪の日は意外と機械式駐車場の故障が多かった。センサーに水滴が付着するためである。故障を示す赤ランプが点灯する度に現場に駆けつける。大雪の日は特にてんてこまいだった。

主任は一日中パソコンに向き合って事務書類を作っていた。理事会用の資料づくりである。そのためフロントからは重宝されていた。しかし気の弱いところがあって、我々もそのために迷惑を受けていた。その原因は管理人の一人が主任より年上でベテランという点にあった。ベテランだから彼独自のやり方を持っていた。主任は彼のやり方に一切口出しできなかった。

我々新米の管理人は、主任とベテランの板ばさみになってしまった。その度に私は「やり方を統一してくれ」と主任に言い続けた。まさかその仕返しが来るとは予想できなかった。

しばらくして支店長と部長が「話したいことがある」とマンションを訪れた。

内容は、私には仕事に対して積極性がないと主任が訴えているというのだ。もう三年も勤務しているのに言いがかりだと思った。

支店長はどっちを取るかと言われれば、私より主任を選ぶと言った。録音しておけば完全にパワハラである。法的に争う選択肢もあったが、私は既に嫌気がさしていた。そして本社のパワハラ対策室あてに、今までの経緯を書いた報告書を辞表と共に送った。

人生初のパワハラ体験だった。複数の管理人をうまく統括する難しさを肌で実感した。

そこで次は単独で仕事をしようと決心した。

ある会社に面接に行った。そこで以前勤めていた会社を話すとびっくりされた。両社は強烈なライバル意識を持っていた。以前、近くのマンションで管理受注を解約され、「そちらに移された」と嘆いていた。

採用が決まり、担当するマンションは武蔵小山から歩いて十五分の、三十七世帯が居住している静かなマンションである。一人勤務は気楽だったが、仕事のほとんどは清掃だった。お陰でモップ掛けは習熟できた。

この会社の良い点は、毎月行なう理事会に管理人が同席するというルールがあった。私はそこでマンションが抱える色々な課題を知ることができた。貴重な経験だった。

また、小さいマンションの方が人間関係が濃密になる。多くの方から親切な気遣いをいただいた。例えば、ある人から首に巻く冷感タオルをいただいた。真夏の暑い時だ。また旅先からお土産をもらったり、おかずの一部を小皿に分けてもらったりした。大規模マンションでは考えられないことだ。

しかし私はそろそろ退職しようか悩んでいた。実は直前に父が亡くなっており、その後の処理で、長男である私は多忙を極めていた。特に土地の名義変更で、父の生地の町役場との戸籍のやり取りはめんどうだった。司法書士に任せれば楽なのは知っていた。でも初めての体験だけに、全部自分でやってみようと決心したのだ。

そんな事情とは別に、ある居住者から清掃についてのクレームを受けていたのもある。それはモップを移動する時、水滴を一滴でも中庭のタイルに落とすと気になると言う。私は後でそこを拭けば問題ないと答えたが、納得してもらえなかった。

限界かなと思い、ついに退職した。平成二十八年のことだ。このマンションでは、人の好意と非難を受けるという両方を経験した。

それから三棟のマンションを担当した。武蔵小杉、祐天寺、そして大森のマンションが最後だった。いずれも一人勤務のマンションだ。

その時は突然やって来た。

勤務が終わり、大森駅まで帰る途中で、私は気を失って路上に倒れていたらしい。

意識が戻った時は病院のベッドの上だった。三度目の脳梗塞である。

その後十日ほど入院して退院した。個室だが、テレビもない殺風景な部屋で退屈だった。そのため退院は無性にうれしかった。

家に戻って愛犬との平和な日々を過ごした。病院では読めなかった本もむさぼるように読んだ。

そして無職の状態で静かに暮らしていた数年後、また脳梗塞におそわれる。ただ今回ばかりは最も重い症状だった。令和四年一月のことだ。

仮死状態で発見される

目が覚めたらベッドの上だった。しかも両手は手枷でベッドに固定されている。後でわかったことだが、明け方、私は部屋で倒れており、それを発見した息子が救急車を呼んだとのこと。かなり重い脳梗塞で両足は麻痺し動けない。気絶していた時間が長かったので体温も二十六度しかなかったという。

もし発見が遅れたら死ぬところだった。

全く記憶がないが、ベッド上の私は意味不明の暴言を吐いたり、鼻に刺し込まれたチューブを引き抜いたりしたらしい。

令和四年一月に起こったことだ。

病院は前から糖尿病でお世話になっている病院だ。

両足は麻痺して動かないため、トイレに立つことはできなかった。そのためおむつで処理していた。看護婦さんに頼らなければ、大小便の世話もできない体になってしまった。食事も摂れずチューブで栄養補給をしていた。

それから入院中はずっと床擦れに苦しんだ。入浴の時も腰の辺りを触れないよう頼んだ。

また、不眠に悩んだ。明け方まで一睡もしない日は数え切れない。

ある夜、突然昔の記憶が蘇った。それは私が中学時代の記憶である。

我が家には五匹の猫が住み着いていた。私達きょうだい三人はお気に入りの猫を選び、自分の猫としてかわいがっていた。

しかし蚤が繁殖して、畳の上を動いているのがわかるほどになった。母もそれに悩んでいた。

そこで私は残酷な判断を選んでしまった。猫を捨てよう。

早速ある晩、ダンボール箱に私の愛猫タン子と生まれたばかりの子猫五匹を入れて、遠くの街に捨ててしまった。母が運転する車で行ったため後を追うことはできない。何であんなことができたのか……自分でもわからない。

ベッドの上で自分の犯した罪に何度も泣いた。「許してくれ」と何度も大声で叫んだ。

忘れていたこのような記憶が蘇ることを入院中に何度も経験した。あたかも意識の底に隠したものをさらけだしてきちんと懺悔しろと命じているようだった。

一方、私は入院当初から、人を二人も殺してしまったという妄想にとりつかれていた。それは四ヶ月ほど経った四月頃、息子との電話で妄想であることに気付かされた。ずいぶん長い期間、妄想にとりつかれていたのだ。

そして転院となった。リハビリをするためだ。退院の時は看護婦さん達が手を振って送ってくれた。

リハビリ

リハビリ専門の病院は田園都市線沿線にあった。自宅から病院まで車椅子のままタクシーで行った。一時間ほどで着いた。タクシー代は馬鹿にならない金額だった。私の病は金喰い虫だな、と思った。

三十分ほど説明を受けて、早速、病室に入った。五月のことだった。

前の病院から付き添ってくれた息子は帰った。いよいよリハビリの始まりだ。期待と不安で複雑な気持ちだった。


次の日からスタートした。

担当してくれる理学療法士を二人紹介してくれた。この二人が私の人生に大きな変化を与えてくれた。

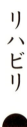

男性のKさんと女性のMさん、二人共まだ二十代の若さだ。しかし考え方はしっかりしていた。

毎日、事前にプログラムを組んで、トレーニングの目的を明確に説明してくれた。お陰で一ヶ月経過したら、驚くべき変化が起こった。何とベッドから介助なしで立てる、また車椅子にも一人で移ることができるようになった。

しだいに体力も回復して、歩行器を使ってトイレも一人で行けるようになった。もし以前のような状態、つまりベッドから一人で起きられない、トイレも使えず永遠におむつを使って看護婦さんの世話になるという生活だったら、私は自殺していたかも知れない。

Kさん、Mさんには感謝しかない。

もう一人、言語リハビリ担当のTさんも魅力的な女性だった。人に気付かれないように気遣いができる人だった。雑談で彼女の出身地福岡の話を色々聞いた。知的でエレガントな女性だと感じた。

コロナ禍のせいで面会ができず、私は携帯を持っていなかったため、入院してから全く妻と話していない。我が家の愛猫にも早く会いたかった。

リハビリは順調に進行した。歩行器で階段を行き来することもできるようになった。

理学療法士のMさんは老人を励ますのがうまかった。「川畑さん、がんばって！」と声援を送ってくれたり、「川畑さん、すごい」と大げさに驚いたりしてみせた。単純な私はおだてに乗ってリハビリがはかどった。

トレーニング時の雑談で聞いたところでは彼女は中高大一貫のカトリックの学校を出ていた。世俗の垢にまみれていない純粋な女性だった。今の仕事が天職と心得ているようだった。私のようなジョブホッパーから見れば、わずか二十代でそこまで自分の仕事に誇りを持てるのは立派だと思った。私はそんな彼女に好感を持てた。

退院が迫っていることを告知され、それに伴ってトレーニングの内容もより実践的になってきた。浴槽への安全な入り方やトイレの作業をスムーズに行なう方法を練習した。

やがて退院の日が来た。ベッドまわりの荷物をまとめて廊下で待機した。リハビリ担当のKさん、Mさんが挨拶に来てくれた。私はジョークで「Mさんをダンボール箱に詰めて持ち帰りたいよ」と言った。Mさんとは微笑と共に握手して別れた。

帰りは息子と一緒にタクシーで帰宅した。

妻と八ヶ月ぶりに再会した。愛猫も元気でいることを確認した。以前のように外食したり、買物に出歩くことはできなくなった。でも猫と一緒に過ごす日常生活が戻った。それだけでも幸せを感じた。

ところが年明け早々びっくりするような連絡を受けた。

自宅を売る

令和五年の年明けに不動産会社から電話を受けた。隣家から土地売買の交渉を依頼されたのだ。

そこで「坪五十万円なら売りたい」と話をすると、先方よりＯＫの返事をもらった。

以前にも書いた通り、我が家は公道に接していない「死に地」と呼ばれる物件だ。そのためローンも組めない問題物件だった。以前、地元の不動産業者に相談したが、評価額は「ただ」同然だった。だから今回の話は渡りに船だった。

早速、三月引渡しの条件で契約した。

さて、転居先をどこにするかで悩んだ。房総の海の見える街でのんびり暮らすことも考えた。

しかし今の私は体が不自由になってしまった。病院が近くにないと不便だ。また、ヘルパーさんがすぐ来られる場所でないとだめだ。タクシーを呼ぶ機会も多い。諸条件を考えるとやはり市街地がベストだ。

そして今の住まいを娘がインターネットで探してくれた。環境は良いし、何よりペット可という条件が気に入った。

賃貸住宅で3DKが今の住まいだ。分譲にしなかったのは、私の体では庭の手入れができないという事情が一番大きな理由である。さらに固定資産税も不要だ。また以前の実家では外壁の補修工事や設備の補修で意外と出費が多かった。家賃の負担はあるが、その点で賃貸は気楽だ。

老後の生活には余分な物を持たない方が良い。自宅売却で得た教訓であった。

妹の死

病院からその電話がかかってきた時、丁度、土地の売却交渉が進んでいる最中だった。内容は妹が卵巣ガンで入院している。末期で体の各所に転移して、もうどうしようもないということだった。

妹は結婚当初、義理の両親と同居していた。しかし家風の違いがあまりにも大きくうまくいかなかった。苦肉の策で今のマンションに移った。また、難病の夫（義弟）が去年亡くなったばかりだ。決して幸せな結婚生活とは言えない気がした。

唯一の救いは何年もあきらめていた子供が生まれた。一人娘で愛らしく聡明な子だった。

妹の見舞いに三回ほど狭山まで通った。歩行器を使って遠出するのは大変だったが、妹を少しでも力づけてあげたいと思った。

残念ながら三月に息を引取った。六十八歳の生涯だった。

葬儀を済ませたのは三月二十日、我が家の引越しの前日だった。

新しい生活

引越しを済ませ、やっと新しい生活が始まった。

以前住んでいた家と違うのは「音」にある。

前の家は産業道路が近くにあり、大型トラックの往来が激しかった。そのため車が通る度に家がゆれた。また、近所で布団を叩く音も聞える。つまり、典型的な下町の喧騒があった。

今の家はとっても静かだ。たまにホトトギスの鳴き声が聞える。心地良い環境だ。

賃貸マンションのため、メンテナンスの費用や固定資産税から解放された。何よりペット可という条件が気に入った。

妻は孫を保育園に迎えに行くという新しい習慣を持った。

実は娘が我々と前後して近くに中古の戸建を購入したのだ。結婚前の娘と妻は折り合いが悪かった。今は孫を仲立ちにして良い関係になった。これも新居の効果だろう。時々二人で一緒に買物を楽しんでいる。二人の距離は以前より近くなった。

一方、息子はアルバイトの勤務先を変えた。また今まで通っていた伊藤式と呼ばれる鍛練法の道場をやめた。代わりにカンフー道場に通い始めた。そして我が家近くの商店街を休日にぶらつくようになった。

心配していた愛猫タヌキも行方不明にならず、無事我が家に定着した。以前より人懐っこくなって、私の胸に抱かれるのを好むようになった。

私自身は新しいヘルパーによって週二回の入浴を助けてもらっている。医療は近所のクリニックで出張回診を頼んだ。食事はお昼だけ宅配弁当にしてもらった。何とか日常生活を維持している。

唯一の悩みは以前のように好きな映画を観に行ったり、美味しいレストランで食事を楽しんだりできなくなったことだ。

おわりに

七十年に及ぶ半生をドキュメンタリー風にまとめてみた。

思い返せば後悔の連続である。その中でも幸せに感じることも多い。

それは自分だけの力ではなく、多くの人々が支えてくれた結果である。

一言で表現するとしたら「縁」だと思う。何か見えない力で私の人生は導かれているようだ。

さらに今まで抑圧していた諸々を表に出すことによって心が軽くなった気がする。これが書くことの力だろう。

私の命を救ってくれた医師の方達、それをサポートする看護婦さんの皆さん、私を死の誘惑から脱け出させてくれたリハビリの先生達には感謝しかない。

そして私の伴侶として長年付き添ってくれた妻、そして生きがいを与えてくれた二人の子供達にも有難うと言いたい。

最後に私をこの世に生み、育ててくれた両親には大きな恩がある。それは返しても返しきれないものだ。

多くの愛に包まれて私は後半の人生を歩もうと思う。不自由な体だが、社会のあらゆる援助を受けながら豊かで新しい人生を楽しもう。

令和六年十二月

著者プロフィール
川畑 光司（かわはた こうじ）
昭和27年生まれ
神奈川県出身、東京都在住
日本大学理工学部建築学科卒業
設計事務所、施工会社を経て、住宅メーカーに就職。技術職を経験してから財閥系住宅メーカーに転職。営業課長として販売促進に日々明け暮れるが、住宅業界の不振からリストラに遭い、マンション管理業界に転職。6社（6棟）で管理人として勤める。
令和4年、大病をきっかけに退職し、現在はのんびりと過ごす。

後悔と懺悔を経て新しい生を迎える

2024年12月15日　初版第1刷発行

著　者　川畑 光司
発行者　瓜谷 綱延
発行所　株式会社文芸社
〒160-0022 東京都新宿区新宿1－10－1
電話 03-5369-3060（代表）
03-5369-2299（販売）

印刷所　TOPPANクロレ株式会社

ISBN978-4-286-25962-8